流砂譚

北大路翼

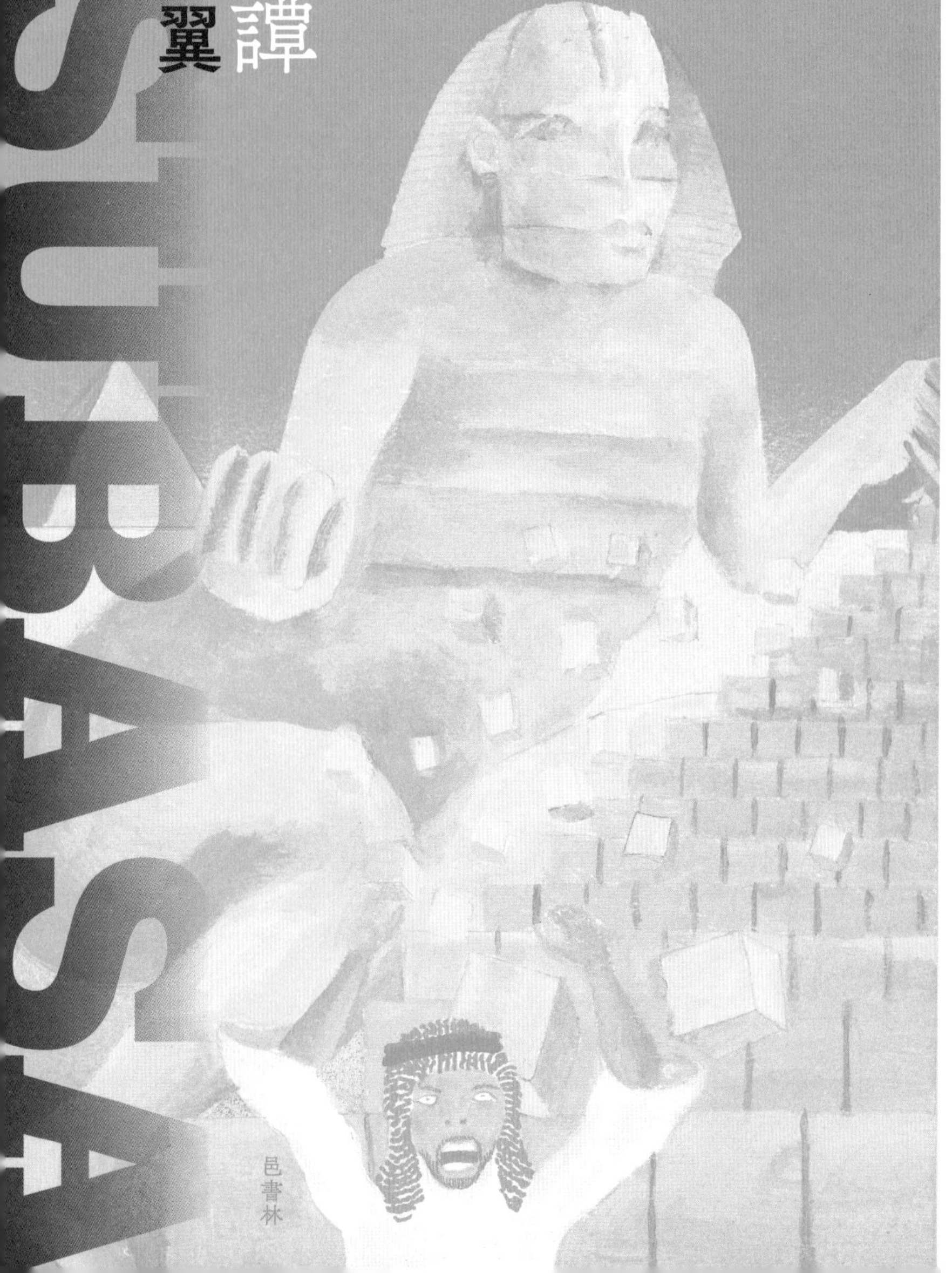

邑書林

流砂譚　目次

二〇二一年

装画……木村哲雄

Ryuusa - Tan

流砂譚

TSUBASA

二〇二一年

自粛要請

初日の出都庁がなかつたら見える

一人居の一人分なる初炊ぎ

ホチキスの芯で怪我する福袋

中身丸見え十万円の福袋

ポンジュース一気飲みして三が日

宝船集団感染してゐたる

おごそかな刺身定食初出社

マフラーの長さ便座を脅かす

一時間ごとの検温フェイクファー

初雪は家にゐるなといふことか

布団から苛立つ総理見て笑ふ
僕を抱く僕を布団にあたためる
リモートワーク門松を片付けつつ
寒夕焼ラードで揚げる鰺フライ

冬晴れのサードを守る寿司職人
出張も旅も不倫も暖房車
わがままな大統領の息白し
公魚の一投目ほど期待せず

殺伐とシチューを作つてゐるところ
人類は災害である牡丹雪
雪原の墓になりたし永遠の
出直しに使ふ気力や梅ふふむ

鬼の面つけてもつけなくても都知事
怪我人が出るまで続く鬼やらひ
節分や故障で引退した投手
寒がりの鬼が外套取りに来る

独立は残さるること葱坊主

目の中の大きなゴミや春立ちぬ

妹が眠つてからの雛の間

ここでしか採れない色の桜貝

梅が香の底に甲賀と伊賀の里

浪人生マスクの紐が伸びてゐる

春遅遅と叩いて終るマッサージ

ふらここに捨てられてゐる認知症

たんぽぽで埋まる徹子の部屋のあと
グッピーの部屋が一番あたたかい
鉄拳制裁遠足のバスの裏
甘酒や梅の古木の幾曲がり

春昼の何でも立派といふ八百屋

水温む顔に乗せたる蒸タオル

検便をとりすぎてゐる春の山

絶対は絶対ないと卒業す

脱退のできぬ教団蜷の道

馬刀貝のどこまで潜つても日本

春愁やガムに苺の香の残る

福耳の坊さんに会ふ蝶の昼

水温むこの感触はゾウリムシ
名残梅マスクを顎にずらしつつ
亀鳴くや阿佐田哲也の夢の中
石鹼玉仕方ないので仕方ない

三・一一遅刻して早退
刻み海苔どれも困つた眉に見ゆ
一生を自粛で終へる蜃気楼
万人が困ればは少しはあたたかい

啓蟄の貧乏神がずつとゐる

花守が妙に天龍源一郎

ライターが四つ出てくる花の冷え

痛風や一口春の山のもの

ピロリ菌の顔を考へ春逝きぬ

落花来る大きく開けた胸元に

万愚節最期は嘘とならざりき

一回分のトリートメント花疲れ

蛍烏賊蛍烏賊たる死につぷり
鳥羽一郎にいいねが一つついて春
春深む国のお願ひきいて自死
ぬりかべがなんかションベン臭くない？

真つ先にネズミ男の役決まる
クマノミの人気がなくなるころ五月
賑やかな駄菓子の色のアメフラシ
河馬の前動かうとせぬワンカップ

自傷するラッコの貝を取り上げる
よく出来た迷惑メール花は葉に
桜蕊降るや偽薬を混ぜるやう
ビニル傘密集五輪中止せよ

夏も近付く飲尿の狂信者
行く春の砂まみれなるウーロン茶
池越えを狙つていけと日傘から

そして熱海

失政を嗤へば緑新しく

美しき不要不急の初夏の旅

筍の灰汁の親しき酒の鬱

ナイターに祭囃子の聞こえくる

日のあたる場所だけ枯れてゐる躑躅

昭和の日サンダルで出る雨後の庭

酢が強く豚に絡みて夏は来ぬ

ごきぶりの髭振つてゐる余生かな

初夏の席は限界まで倒す

夏空や松のてつぺんのみ揺れて

露天湯の囲ひの隙間新樹光
湯が優し魚が美味し緑濃し
渋滞のたんぽぽの黄のうるさくて
若芝に踏まれ焼きおにぎりの黒

蚊柱を何度も払つてゐる球審

独占せよ来来軒の扇風機

サングラス銭は稼いだだけ使ふ

集金と燕がいつも来る玄関

脇汗の未来永劫独逸人

釣り人が露天より見え誕生日

ごきぶりを優しく殺す薬とか

つんつんと苺天指すバースデー

海の家建てる電ドリ一本で

鶴嘴を突き刺し拭ふ眉の汗

ダービーウイーク渋谷で人身事故

聴診器クーラーよりも冷徹に

採血の次第に痛くなる梅雨入

灰皿に鮭の小骨や梅雨長し

日蝕を見て帰りたる下駄の音

冷やし中華バス停の見える席

稲荷寿司梅雨の真ん中だと思ふ

紫陽花のやうな女の蹴り心地

梅雨よりも鬱陶しきは愛の文字

雷に選ばれてゐる一古木

民宿はフェルトの廊下かなぶんぶん
瓶ビール運び込む音開ける音
果物の強度が残つてゐるゼリー
一枚で姉妹をくるむ雨合羽

夏至の日の死んだら海になるつもり
十薬が紫陽花らしい場所にある
凄惨なかまぼこ作り梅雨晴間
六月の無料送迎バス無料

ウインカー出さずに曲がる黍畑

短夜の兜太のゲップのやうな酒

ほうたるとおんなじ雨に打たれゐる

大袈裟に蚊を打ちもらす浴衣かな

薄き屋根叩かれてゐる梅雨の宿

老鶯が蛙を囃す朝散歩

採血を五本沖縄慰霊の日

ザーサイを一切れつまむための箸

ガガンボを見てニューロンを勉強す

梅雨長し韮が奥歯に挟まつて

入院に西瓜丸ごと一個来る

乳輪の様子花火にたとへたる

山葵添へ鼻の奥まで涼しくす

肩パンが海水浴場まで続く

埼玉と群馬の喧嘩海の家

初夏のスナック昼間から歌ふ

初蟬やベンチに煙草の焦げ数多

過労死をゲラゲラ笑ふ生ビール

コンビニですでに水着になつてゐる

挽肉を炒める汗に未来なし

休憩は麦茶がぶ飲みして煙草

臍少し見せつけて打つサンバイザー

ちよつとだけ駅を元気にする夕立

夕立に取り残されてあれは枇杷

夕立に葱を忘れることもある

廃ゲーセン羽蟻がぶつかり合つてゐる

アイス落ちてた高輪ゲートウェイ駅

棒棒鶏はばんばんしない熱帯夜

ノコギリの演奏を聴く避暑地かな

扇子閉ぢ自信満満なる悪手

全力や幼女をんなの汗をかき

教室に水鉄砲を持ち込めり

紫陽花の花期の長さや不在票

七夕のほろ酔ひといふ通過点

彦星と織姫がゐる精神科

ピザを切る少しの力星祭

夏痩せや何も成し得ず四十過ぐ

蛙ゲロゲロまさかまさかの禁酒法

風鈴に見せてやりたき伊豆の風

急な客奴《やつこ》に鰹踊らせて

競歩めく財布落とした慌てぶり
紫陽花に隠れてゐたる急カーブ
ハンカチを全面使ふ辛さかな
銭湯の大きなガラスタ立過ぐ

さうかもな僕はビールでできてゐる

天井の海老を立たせて八月来

天皇をチラ見しながら背泳ぎす

腿で拭くこぼれし分の天瓜粉

かき氷もつとガンガン攻めて来い

昼寝から始まる旅や海近し

波音が昼寝の端を濡らしをり

乗り換へのむわつと夏に再会す

誇れるとすれば水着の脱ぎつぷり

冷房や女医の黒目の恐ろしき

すぐ閉会水着が思うたより透けて

閉鎖したはずの公園から花火

臍見ゆる高さにシャツを結びたる

遠浅の海に沖ある大西日

会社でもぎりぎり着れるアロハシャツ

命より重たいカット西瓜かな

夏痩せの電気をつけたまま眠る

今日はもう全裸で過ごす天瓜粉

西成で売つてたカブトムシの肢

親指を頼りきつたる甲虫

ままならぬ長さを越前海月かな

数分の家事に汗かく原爆忌

ああああ悪魔アメリカアトミック

核保有国に囲まれその仲間

使はない辛子八月十五日

とりあへず鳴いておかうか雨後の蝉

大時計止まればみんな死ぬ晩夏

舟虫を怖がることもなくなりぬ

要件を聞かう

タピオカは夏の終りを知つてゐた
見廻りに空返事してアイス食ふ

向日葵のうなだれてゐる平和かな

玫瑰の赤が化石に残りたる

蔓薔薇の急階段をすれ違ふ

長月の注射の痕の痒くなる

絶え間なく湯を溢れさせ秋落暉

虫の声よりも近くに波の音

猫よけのびつしりとある萩の花

秋の蚊を休ませぼつち飯の肩

ロボットに生まれ案山子で終はりたる

爽やかな香り没収した下着

焼き芋を君のかはりに持つ役目

戦場にこぼるるラスク夜長し

にこやかな力士が帰る秋祭
身に入むや踵まで塗る化粧水
金木犀同じシャツだけ干されある
抱きし子のぐづりやまざる紅葉の湯

庭のある家に憧れ菊の露

女女しさを集めてゐたるぶなしめぢ

コスモスが無理矢理咲いてゐる団地

富士山の圧に傾く芒かな

大島がくつきり見えて鰡跳ぬる

鉄人と呼ばせてゐたる敬老日

通販の鈴虫鳴きながら届く

上履きがまた隠されて神の留守

銀杏の暴れ倒してぴかぴかに
狛犬がそつぽを向いて初紅葉
胴元の手もと月明かりを避けて
九月尽虫歯の穴へ楊枝刺す

月末は金を返す日水澄めり

リハビリとそれを見守る運動会

ゴルゴ13になつたつもりの七句

葡萄ほど見えてゐるなら十分だ

狙撃した数の流星群が降る

虫の音を拾つてしまふ盗聴器

猟期果つ即ち連載休止かな

ワクチンかまづはお前が打つてみろ

秋の風　……………………断る
かかさずにさいとうたかをの墓参り
貧血や蜻蛉の近づいては離れ
かまつかは陰鬱な花豚眠る

酔うて死に惚れて殺され月今宵

当然のやうに新酒を子供にも

手を振つていただく秋雨の客席に

転寝の窓全景が秋の海

隕石が降るデマの中芋煮会

膝で拭くポテチの油夜長し

肉じゃがとカレーの分岐点が今

芋掘りに呼ばざる人がついてくる

マリッジブルーじやがいもを剝けばなほ

このままでいいよこの村この芋煮

新酒新米力仕事の誇らしき

監督の咳払ひほぼエンドラン

支店長クラスの好む鋤焼屋

小春日に老人の湧くドリンクバー

過不足のなきファミレスの初冬かな

終電や悪に愛されやすき面《つら》

こんな大会は嫌だ

紅葉寺創作和菓子コンテスト
湯豆腐やセクシー女将コンテスト
氷上のおしつこ我慢コンテスト

冬晴の地雷駆け抜けコンテスト
クリスマス童貞自慢コンテスト
あつあつのうどん早食ひコンテスト
三年間可愛がりしがつひに鍋

六十デニール勤労感謝の日

寒鯉の百万円の眠りかな

歳末の死して不機嫌なる談志

白息やICカードの読めない字

公園を全部潰して酉の市

蟹スプン未練ほじくり出すやうに

無駄毛剃るヴィクトリア女史降誕日

鬚に菌たつぷりつけてサンタさん

捨てられぬまりもつこりと年用意

縄跳びの地面はたまつたもんぢやない

会長が復帰したがる大掃除

冬木立人間嫌ひを突き通す

内心は大はしやぎして冬至の湯
大根のうつすらまとふ出汁の色
鮭とばを炙り港を昏くせり
洋梨の木箱にしまふ古日記

鋤焼のテンションになるパッケージ

リクガメの言葉がわかる日向ぼこ

年末をぱさぱさ魚肉ソーセージ

寒鯉を見に行くだけの食後かな

後味の悪き淫夢の大晦日

粉雪や最終回に続きあり

カットメロンの固き四角や大寒波

二〇二二年

運動音痴

辛辣な皇族ネタの初笑

五箱入りティッシュに隠れ鏡餅

節料理和気藹藹と魚卵系
米粒で封がしてあるお年玉
青ざめし慈姑優しく煮てやりぬ
伊勢海老は拷問器具でカッコいい

食堂のぼろぼろの猫お正月

バーコード読み取りづらき八つ頭

鏡餅震度四なら耐へられる

長葱が曲がつてゐたる初電車

三が日悪戯されし巣を直す

捨てられぬ遺髪と並べ鏡餅

餅つきのキャンセル続く活動家

喉まではするすると来た餅でした

往路うすしほ復路コンソメ味

万両やガイドが説明しない池

すかすかの蟹にも蟹の味残る

カーテンの向かうの雪を信じをり

死にたいと言はなくなつた雪女
雪掻きのこつんと墓のやうなもの
ダブリーにケチつけられて成人日
金借りてでも今日の河豚今日の酒

背伸びして電球替ふる霜の夜

福良雀今年はもう動かない

確変が終はらないまま討ち入りに

千年の檜の香り雪の宿

初島に灯のともりたる春隣

白梅はすこし意地悪にも見える

盗品を床に並べて二月尽

着着と東京五輪開幕の準備が進む

バッハ会長のあたたかいお言葉で凍死

光りたるところが戦地涅槃西風

囀りも日差しも同じ高さから

田楽を君の反対から食べる

太陽を取り戻すため蒲公英に

赤信号うつかり渡る春の雪

春うらら飯食ひながら退社して

サバイバルゲームの肘の春の泥
あんあんと四月上旬ぐらゐから
春ショール遊び疲れたので眠る
春の虹たまにラッコがうつぶせに

立尿に罰金のあるクローバー
鰊群来竜虎の柄の七分袖
春キャベツ脳細胞の減り速し
菜の花の反対側にあるホテル

盛り上がる連続死球春の土手

お辞儀する妻は貞淑水温む

待てルパン首都高速に春の虹

カツ丼や嬉嬉として人殺し合ふ

悼　清水哲男

春遅遅とビールの泡の消えゆくも

ホチキスの試しの一打春の昼

もつれあふキャラメルコーン万愚節

仰向けのおつぱい蛙の目借時

北斎の波にも酔うて花の夜

盲牌でわかる八索花疲れ

SOGAっ娘。さつちやんの誕辰を祝ふ

ペガサスの翼を借りて朝寝せり
やはらかいはずのチャーシュー春暑し
蕨狩背に水筒のごりごりと

春月の丸丸とある外気浴

袖の釦取れかけてゐる遅日かな

しばらくは埼玉県が続く春

いい天気とは花どきの城下町

小田原や花の奥なる天守閣
お殿様春の陽気におりてくる
春日傘あつても出さぬTカード
通り抜けできる神社や花の冷え

神木に掃き寄せてある落花かな

滑り台こちらに向きて夕桜

春愁の真珠に残る指紋かな

天かすのふやけてゐたる花の夜

直線のやうな曲線春の雲

昼酒のあわただしさを花流れ

露天湯へ続く躑躅の咲き始む

日本語が通じる国の花祭

朧夜の閉鎖病棟からタオル
あちこちでとれる熊本産浅蜊
遠足の栞コピーのまたコピー
あれはさうアスパラガスの固いとこ

桃色の懐紙に残る砂糖かな

春の蚊を殺め寝違へ続きたる

しめ鯖のしつとりとして春の夢

土佐犬の頬のたるみの中の春

それは嫉妬さ薔薇にも棘があるやうに
苺食ふ速さにもある姉妹の差
好きなのは苺を潰すときの顔
メーデーの至るところに殺鼠剤

お湯入れるだけでも料理こどもの日

洗濯物全部ピンクや鯉幟

持ち切れぬほどの筍玄関に

夏来る好きも嫌ひも女偏

妻殴るときだけビール瓶を置く

夏帽がふつ飛ぶ不意のラリアット

糖分の暴力としてミルクティー

栗の花耳の先まで酒残る

隣国の血を吸つて咲くカモミール
薔薇の雨皮膚科は人を斬るところ
モネの絵にゐるはずだつたアメンボウ
水込むる間は無敵水鉄砲

空振りで痛める手首青葉風

筍を茹でこぼしたる多幸感

食ひ込みを直す小指や街薄暑

湘南やナンパの浮き輪振り回す

振り込みを何度もチェックするアロハ

母の日のテレビの前にゐてもらふ

父の日のルーペで虫を潰しけり

甚平の腰に二度塗るアンメルツ

晩学や蚊取線香吹いて消し

短パンのニューヨーカーを訝しむ

号外を奪ひ合ひたる炎天下

ダークチェリー次の女を選べない

扇子でつんつんセクハラぎりぎりか

エロ本が週二で棄ててある青田

かまぼこの山葵で噎せてロマンスカー

熱気とは雑多なることリンゴ飴

六月の女陰にもある丁寧語

黒ひげが飛んで消灯夏合宿

ただ海でビールを飲んでゐる時間

良き風を独り占めして上裸なり

夕焼が山から訪ねてきて海に

残したるビールに鳶の影過ぎる

放課後は急いで海へ雲の峰

戦中の蟬の鳴きをる黒電話

紫陽花の奴が脱国したらしい
贅沢に檸檬を絞り再婚す
炎昼の雑なところで曲がるバス
千葉までは三十五駅走り梅雨

ナースコール

梅雨かしらそれともただの雨かしら
風俗を出てきたばかりのアロハシャツ

奈良漬や薄暑の寺に香かすか

中指は虫弾く指夏料理

胃の病気隠して水泳大会に

病院は病人ばかり梅雨晴間

ＭＲＩ死後痙攣の蟬の羽

梅雨時の止血バンドの締め心地

紫陽花が正解のごと線路沿ひ

湯河原の紫陽花湯河原色をして

Tシャツすつぴん朝はバイキング

ジャカランダ今朝も蹴られてゐるお宮

朝焼に頬膨らませ髯あたる

メモ書きをやぶいて渡す金魚売

ファイル名適当につけ夏休み

夏まではまとめし句稿冷やし麺

自転車が全部倒してあるプール

マヨネーズよりもねつとりした暑さ

クーラーのつけつぱなしの都知事室

うま煮とはさみしき名前火傷して

梅雨明けてずつと八月十五日

手花火の火を奪ふごと横恋慕

花火大会集まってから中止
やたら距離近きカップル海の家
冷蔵庫に入れなくていい調味料
クーラーをすぐ消したがる遺影かな

扇風機テープで補強する湯宿

笹で指切ること想像して痛し

七夕の願ひを無駄にする政治

悪人に相応しき死や油照

Amazonで散弾銃が売り切れる
夏休み前の小さな夏休み

一個ではそんなにビタミンないレモン
石段にビールを置けば首相死す

撃たれたらすぐキンカンを塗ればいい
検温をさくつと済ますビアガーデン
これがかの猛き疫病冷えピタす
夕立やナースコールをそつと押す

スリッパの裏の殺戮戻り梅雨

ナイターや自宅療養てふ隔離

お供へを一口齧つてから戻す

つつましく舟虫の世をやりすごす

糞爺青きトマトのまま食はす

綿飴の子に睨まれて煙草吸ふ

濡れてゐるベンチはカブトムシ臭い

日本にはゐない模様の蚊に刺され

白南風やペギー葉山のちつちやい碑

孤独死の蚊遣に白き渦残る

次の蚊に見つかるまでの眠りかな

国葬に湧いて出てくる蚊の仲間

つくづくと祭のあとといふ言葉

先達の小便の泡夏盛ん

水風呂のバブは溶けないから砕く

ビーチボールに割り込んでくる顎マスク

西瓜割の目隠しのまま国葬へ

気の抜けたソーダで割つて帰省せり

ビアガーデンの割引券が昨日まで

好きな子の朝顔以外全部折る

君の爪そつと沈めて水中花

この夏に賭けてゐたとは言へなくて

海水で洗つたことにする水着

常温のポカリスエット敗戦日

ロケット花火うまく点かないから返す

涼しさを告げたい人がひとりゐた

雷の味を再現した中華

お土産のペーパーナイフ夜の秋

やめておけ月夜は地獄が近過ぎる

殿様がよろこぶやうにした秋刀魚

残りたる酒に新酒のラベル貼る

梅飴が舌に張り付く秋夕焼

手摺に秋津みんなコロナの後遺症

長き夜や付箋剝がして本仕舞ふ

両乳首にクリップの痕文化の日

秋の昼足りない駒を消しゴムで

親族の葬儀が続く

一族を片付け終はる秋の草

つまんねえ石になつたなおばあちやん

蜩の溶け込むお湯のやはらかし

宝厳寺

秋津湧き焼け跡の香の蘇る

釣堀に雨粒の穴そぞろ寒

銀杏の虐殺中央分離帯

敬老日ピンク以外は身につけず

颱風禍下水の上の新宿区

後頸部脂肪腫摘出手術で入院

看る人も看らるる人もバスの中

結び目がキャップをあふれ涼新た
医療用コンセントだけダリアの朱
天高し高さを調整できる床
体内に針のあること秋澄めり

すこしづつ管を抜かれて星月夜

月今宵消毒液のひんやりと

隣室のいびきも秋の音と思ふ

切れてゐるチーズつながる長き夜

急患に切腹の人秋憂ひ

里芋を剝くためにゐるおばあさま

焼き芋のどこかじつても湯気あふれ

投げ銭を丸めて握る秋の風

凡人の死を騒ぎ立て秋暑し

嘘だけでつくる善人花木槿

悼　アントニオ猪木

元気ですかとハロウィンの悪魔にも

枝豆が限界突破して口に

失敗のまんま出しちゃへ文化祭

ミサイルで混み合つてゐる秋の空

酒瓶で脛を鍛へる文化の日

屍派解散

パーティーの余韻の柿を撫でてをり

長き夜の吐き出す息はみな安堵

十年で霧のごとくを成し遂げき

微熱あり足裏に煩に渋柿に
柿添へて舌切雀の話など
舞茸の割かれたがつてゐるところ
砂といふ不思議な単位月に住む

釣瓶落し山にお城が残されて

かたちなきものも壊れて冬ざるる

信仰を隠し近づくおでん酒

でもそしてやはりとは言へ河豚が好き

湯気がもう味を約して河豚雑炊
道楽も地獄もありし蟹の国
蟹臭き指をしまつて終電車
長葱を過信してゐる言ひ伝へ

落葉踏む心臓踏んだかも知れず

食ひかけの毒の餌皿のひんやりと

齧る音途絶え寒さの残りけり

ありふれたことにあこがれ布団敷く

W杯で日本が善戦

湯豆腐の手前を狙ふロングパス
よく守りよく攻め勤労感謝の日
森保のメモにおでんと書いてある

セーターのほつれＰＫ失敗す

勝つてから泣け枯芝のチクチクと

露天湯のぎりぎり座れる岩や雪

竹中を平蔵したる寒さかな

龝の字にゐた亀とゐる日向ぼこ

1－2が売れ過ぎてゐる憂国忌

マフラーで席確保するかすうどん

師走はや肘ぶつけ合ひ句を記す

金属音立てて寒鴉の跳ね歩く

アーニャならふはふはだらう息白し

水洟のぴろんと昭和美しき

白息や性の目覚めを隠すやう

食べるのが遅い子供に咳払ひ

悼　佐藤蛾次郎

柴又の落葉を掃きに戻り来よ

溜息が耳を離れぬ雪女郎

義士祭私財をちよつと投げ打つて
どうしても武装がしたい年の暮
高高と聖樹かかげてチェキタイム
戦地では女体に見えてゐる枯木

新品を惜しんで使ふ煤払

立ち食ひのコート七味をかけまくる

贅肉を豊かと思ふ柚子湯かな

傷つけて柚子の香りを楽しめり

割り箸で十字架つくるクリスマス

結氷で転倒忍者タートルズ

炬燵から出ずにロシアに勝つ作戦

ストーブに張り付き酒を待つてをり

トナカイが例年よりも伏し目がち
サンタから奪つたものを売る露店
古着屋にもふもふあればすぐ触る
屁を一つ黙つて剝いてゐる蜜柑

大晦日地球最後の日を保留

寸感

嫌な世の中になつた。いままでの「生きづらさ」は己に起因する部分もあつたが、世の中そのものがつまらなくなつてしまつた。

コロナ禍における人類がとつた行動は最低だつた。病気なんてなりたくてなる人はゐないのだから、感染してしまへば「仕方のない」ことである。それだけではなく感染させてはいけないといふ理不尽さ。花粉症ですら防ぐことができないマスクを強制され、それを遵守するものが正義と称される。そんな窮屈な健康など不要だ。だいたいそれつてファシズムぢやん。ほらほら軍靴の音が聞こえてきますよ。

我先にとワクチンを求めた人々のおぞましさも決して忘れないだらう。表向きは何を言はうと、大事なのは自分だけではないか。ああ気持ちが悪い。すべてが自分を守るためだけの世の中だ。SNSも同様。承認欲求はもちろん、実際に見たこともあつたこともない他人を平気で誹謗中傷する。他人を叩くことで、自分に批判が向くことを恐れてゐるのだらう。恥づかしさを通り越してかなしくなつてくる。僕も虚しさに耐へられず、一度はSNSを退会した。

本書が二〇二一年の作品から始まつてゐるのはさういふことである。コロナウイルスの蔓延が始まつた二〇二〇年は、心が荒み俳句どころではなくなつてゐたのである。ただただ不平不満をぶつけるだけの句が増え、つひにはそんな句のデータが入つてゐたパソコンを叩き割つてしまつた。（ホントは競艇の所為なんだけどね）。一応データを救はうとはしたが、もとの発表場所であるTwitterも辞めたばかりのときであつた（現在は新しいアカウントで復活。生存確認用と、SOGAつ娘。を支援するためのアカウントである）。

僕は二〇二〇年をなかつたことにした。さう最初から二〇二〇年なんてなかつたのだ。心の変化は作品にも如実にあらはれてゐる。本作は歌舞伎町の匂ひが驚くほど薄れてしまつた。酒があつても嘔吐がない。暴力が、セックスが、混沌が、激情が足りない！　コロナ禍においても毎晩歌舞伎町で飲み続けてゐたので、同じやうに句ができると思つてゐたが、心が離れてゐたんだな。政府による飲食店の弾圧は、経済よりも心を確実に殺してくれたよ。ありがたう。

二〇二二年十月、新宿歌舞伎町俳句一家「屍派」解散。溜まり場である「砂の城」を追はれたことが直接の理由だが、一度壊れた心はもとに戻らない。さみしさよりも安堵の気持ちが強かつた。みんな同じ気持ちだつたと思ふ。そして屍にとつて、死などはただの契機に過ぎないことは、みんなわかつてゐた。さう、もとの運動体に戻るだけさ。「屍派」は歌舞伎町で俳句を作る運動の総称でいい。僕だけのものにしてはいけない。

二〇二二年十一月、一般社団法人天使の涎設立。なんだ社団法人って？　よくわからないけど代表理事。うんアーニャ頑張るます。

そして十一月末日、高円寺に新しい溜まり場を確保。もうすこしのんびりするつもりだったけどまあいいか。名付けて「俳句サロンりぼん」。すぐに復活できたからREBORN（リボーン）なのです。表記は「りぼん」だけど、頭の中ではりぼーんと読んでください。ぼーん、ぼーん、ぼーん……。

この件についてはQさんと龍にお世話になった。二人がゐなければ今の僕はない。心からお礼を申し上げたい。感謝。事業がうまくいったら熱海でコンパニオンを呼んで騒ぎませう。ぼーん。

新宿からすこし離れてしまったけど、相変はらず句会に顔を出してくれる馬鹿な仲間が僕の宝です。お前らもいつかは熱海に招待してやるぜ。

装画は、そんな馬鹿な奴らの中から朋友木村哲雄にお願ひした。「流砂譚」といふタイトルが決まったときに、お前しか居ないと思ったよ。刺激的な流砂をありがたう（まだ見てないけど）。叶のアニキも写真ありがたう。今の僕はこんなもんです。

二〇二三年　建国記念の日に

北大路　翼

TSUBASA

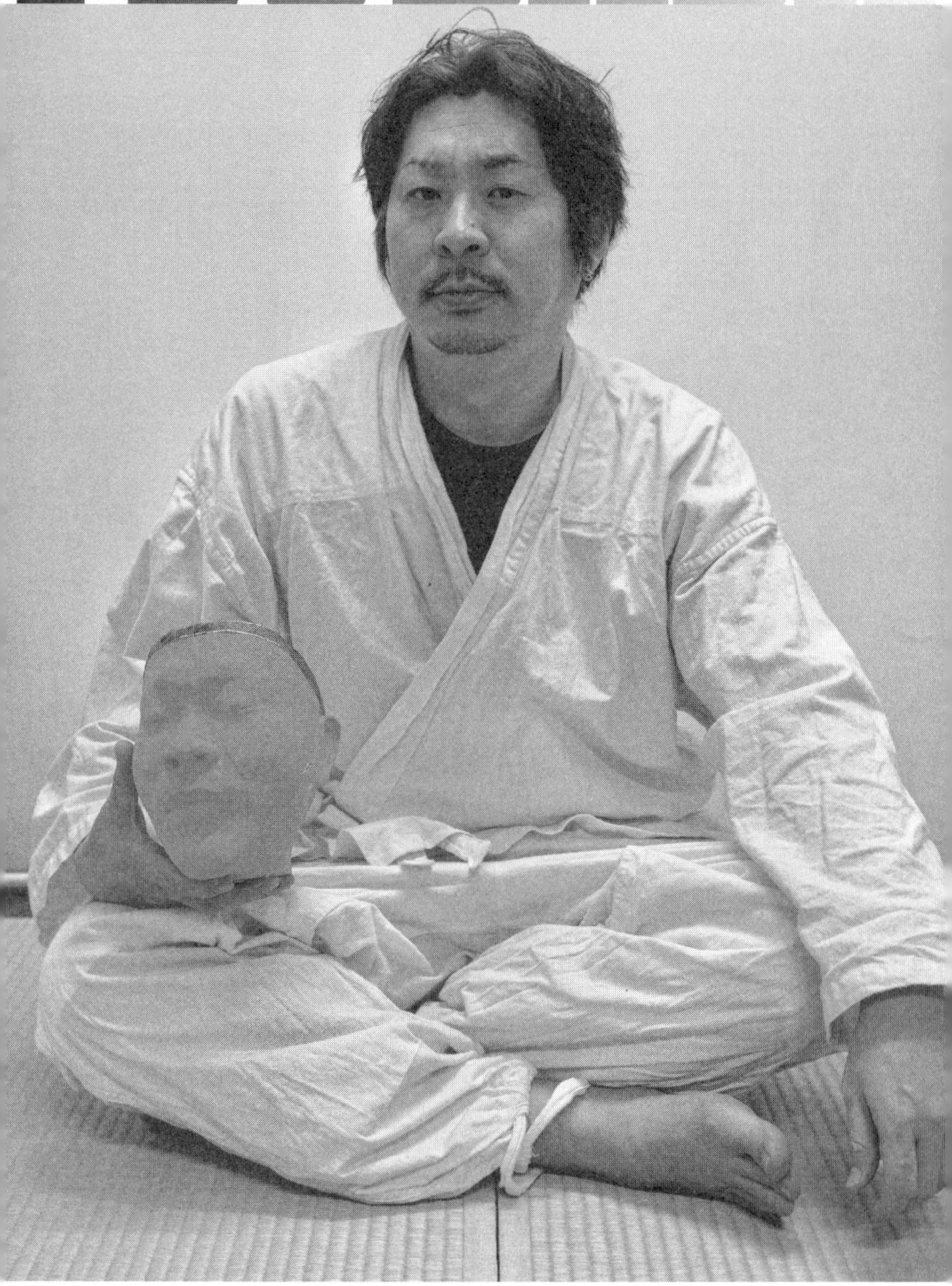

photo by Yutaka KANOU

北大路翼著書一覧

句集
二〇一五年　『天使の涎』（第七回田中裕明賞）　邑書林
二〇一七年　『時の瘡蓋』　ふらんす堂
二〇二〇年　『見えない傷』　春陽堂書店
二〇二三年　『流砂譚』　邑書林（本書）

半自伝的エッセイ
二〇一九年　『廃人』　春陽堂書店

入門書
二〇一九年　『生き抜くための俳句塾』　左右社

アンソロジー編著
二〇一七年　『新宿歌舞伎町俳句一家「屍派」アウトロー俳句』　河出書房新社

共著
二〇〇九年　『新撰21』（「男根と貧困」百句収録）　邑書林

流砂譚 Ryuusa - Tan

著者　北大路 翼 Kitaooji Tsubasa ©

発行日　2023年4月1日初版第1刷
発行人　島田牙城
発行所　邑書林 You-shorin
661-0035　兵庫県尼崎市武庫之荘1-13-20
Tel : 06-6423-7819　Fax : 06-6423-7818
younohon@fancy.ocn.ne.jp
http://youshorinshop.com
郵便振替　00100 - 3 - 55832
印刷所　モリモト印刷株式会社
用　紙　株式会社三村洋紙店
定　価　本体 1,400円＋消費税 10%（1,540円）
ISBN978-4-89709-935-4